coordenação editorial
Sálvio Nienkötter

editor executivo
Claudecir de Oliveira Rocha

editor-adjunto
Daniel Osiecki

capa | projeto gráfico
Paula Villa Nova

produção
Cristiane Nienkötter

Dados Internacionais de Catalogação na Publicação (CIP)
Angélica Llacqua CRB-8/7057

Braga, Felipe Eduardo Lázaro
Testoste-TRIP| Felipe Eduardo Lázaro Braga
Curitiba: Kotter Editorial, 2023.
148 p.

ISBN 978-65-5361-188-7

1. Poesia brasileira I. Título Testoste-TRIP

23-0927 CDD B869.1

1ª edição

Kotter Editorial
Rua das Cerejeiras, 194 | Curitiba | PR | 82700-510
+55 41 3585-5161 | www.kotter.com.br | contato@kotter.com.br

RIP

Kotter Editorial 2023

Felipe Eduardo Lázaro Braga
TESTOSTE
TRIP

Para Francisco Mancuso e Camila Braga.

O binômio de Newton é tão belo como a Vênus de Milo.
O que há é pouca gente para dar por isso.

(Álvaro de Campos)

Someone asked me what three things I would save if my house was on fire.
I said my cat, my salamander and one of the twins.

(Ricky Gervais)

O PEIXE

Nadando no aquário de peixe dourado, cada olho voltado para um norte diferente do mundo.
Na verdade, levitando no ar, como se fosse água a obrigação de ser agradável,
e delicioso, sobretudo, olhar um peixe tão cheio de boas opiniões.
Em volta do aquário, cardumes de gente disputando espaço de olhar o peixe,
entre rabos frenéticos de quem vai à frente.
O peixe conversa sobre tudo:
Dostoievsky; artilheiro do Milwaukee Bucks; invasão da Criméia; casamento da irmã do Lulu Santos; Cabernet Sauvignon: muito, muito versátil.
Mas tudo aquário demais numa conversa que o peixe conheça.
E sem que o peixe conheça as profundezas de qualquer outra coisa
que não sete minutos de profundidade, ei-los:
7 minutos de cortesia.
Que na escala de gente, é peixe nadando de um lado para o outro do aquário, sem saber para onde olhar; sete minutos, e próximo.
Sacode o rabo e adorei te conhecer, beijos.
Oito minutos e a gente enrola o peixe no jornal de vender na feira:
bye, me liga!
Gente rica é engenharia de gente que deu certo por causa da geometria equidistante de tudo o que há de bom. Peixe também:
é rico, porque todo mundo está em volta dele; todo mundo está em volta dele, porque o peixe é rico; logo, todo mundo está em volta dele porque todo mundo está em volta dele;
riqueza, no fim das contas, não passa de uma aglomeração concêntrica, no centro da qual está o peixe;
Tão bonito, tão hipnótico, tão ornamental,
a transformar nosso esforço em bom gosto,
acumulando séculos e séculos de 7 minutos,
e oceano sem sair do aquário.
Todos, como eu na fila, adoram receber seus 7 minutos de peixe rica,

prazo de transformar qualquer assunto em virtuose de assunto agradável;
aliás, passam anos e anos na fila que dá pro peixe, sem saber muito
bem se a fila do lado de lá anda mais rápido;
mas anos e anos de fila que transformam qualquer um em perfeição
de sete minutos contados;
(isto é: biografia de quem anda na linha)
e o nada de quem nada, e nada, e nada no fim da fila do esforço, é o peixe;
e se alguém de trás apertar seu ombro e perguntar, "por que você está
na fila que dá pro peixe?", você vai responder que está na fila que dá
pro peixe porque não é o último da fila.

1789 DUTY FREE

O Partido da Guilhotina exige três coisas:

a) não ser partido;
b) uma guilhotina;
c) um convite irrecusável:

"(...) tirar peso de cima dos ombros da Faria Lima,
é tirar peso de cima das costas do país"

Diretor de Política Monetária
Banco Central do Brasil

I. A Revolução Francesa precisou de menos de uma XP
[Investimentos para acontecer]

II. 2018 mostrou até onde a Faria Lima é capaz de ir: 1964,
[quiçá 1933]

III. Se a Faria Lima perdeu a cabeça, é preciso responder
[com elegância, à francesa]

RIP

2019 – 2022
em um PIX:
Faria Lástima

AMANHÃ VAI SER OUTRO DIA

insônia, 2 a.m., eu e Bruna, Bruna e beck:

golpe de estado num filme b
país de b minúsculo, b
b de ponta cabeça é p de populismo
país impronunciável b
b_escombro&filhos
é a letra depois de a:traso, esse(s) cretino(s)

3 a.m.: brazil com b de bad;
4 a.m.: Brasil com B! de basta;

[4:20]

//pra passar batom no mau gosto dessa farda//
//e na farpa dessa cruz//
//nenhuma insônia só//

samba, 5 a.m., eu e Bruna, Bruna e beck:
amanhece: brisa

NAÇÃO COMMODITY

embaixada china/soja,
catraca farpada do serrado,
cuiabá tem tudo meio
grama, quente e longe,
e sequer, ou se muito,
se oferece um copo d´água
sem crachá de acesso

mato grosso do
sub-expo-agro,
terra demais pra pouco jato,
déjà vu de quem já viu
cana café e pau brasil
dar nome ao país

CRIME O'CLOCK: CLIMA

chuva/w||/Y\\/w|//|/y||/\\\| |/Y/w| |/Y\/W|/ /|/y||/\\\||/Y W||/Y\\/w|//|/y||/\\\| |/Y/w| |/Y\/W|/ /|/y||/\\\||/Y

flor/||/Y\\/W|y/|/y||/\\\| |/Y/w||/\\\V/|/y|//|

flora/||/Y\\/|W|//|/y||/\\\| |/Y/

floresta/| |/Y\ \W| /|/y|/\\\ |

fogo\|/\|/\|/\|/\|/v\|/\|/\|/\|/\|/\|/\|/v\/\|/\|/\|/\|/

serraVVVVVVVVVVVVVVVVVVVVVVVVVVVVVVVVVVVVVVVVVVVVVVVVVV\

grama/w||/Y\\/w|//|/y||/\\\| |/Y/w| |Y\/W|/ //|//y||/\\\||/Y W||/Y\\/w|//|/y||/\\\| |/Y/w| |/Y\/W|/ /|/y||/\\\||/Y

farpa/w||/Y\\/w|//|/y||/\\\| |/Y/-|/Y/W|/ /|/y||/\\\||/Y W||/Y\\/w|// W/y||/\\\| |/Y/-|/Y/W|/ /|/y||/\\\||/Y/W||/Y\\/w|//|/y||/\\\| |/Y/-|/Y/W|/ /|/y||/\\\||/Y W||/Y\/

safraYYYYYYYYYYYYyYYYYYYYyYYYYYYYYYYYYYYYyYYYYY

PANDEMIA

MACDUFF

A Escócia continua a mesma?

ROSSE

Ai, ai,

Quase com medo de se conhecer.
Não é mais a nossa mãe, é nossa tumba,
Onde só o ignorante ainda ri;
Onde o uivo de dor que corta o ar
Vibra sem ser notado; e onde a dor
Mesmo violenta parece rotina,
E ninguém sabe por quem dobra o sino.

RETWEET

Pare de rinocerontear seu chifre
ou mamamutear seu peso morto
saçaricochear,
saçarichicotear sua cauda de animal extinto
e petroressentido,
que animal extinto não me dá medo,
não te traz à vida, mas
te fóssil e te fode o fígado.

LUGAR DE FALA

sensato | *adjetivo*
sen·sa·to

1. erro quando falo sobre temas de que não entendo;

honesto | *adjetivo*
ho·nes·to

1. erro quando falo sobre temas de que não entendo;

2. entendo de quase nada;

preguiçoso | *adjetivo*
pre·gui·ço·so

1. erro quando falo sobre temas de que não entendo;

2. entendo de quase nada;

3. entendo pouco do que deveria entender bem;

cretino | *adjetivo*
cre·ti·no

1. erro quando falo sobre temas de que não entendo;

2. entendo de quase nada;

3. entendo pouco do que deveria entender bem;

4. especialidade: falar sobre tudo;

BEIJO-LIVRE III

sei tanta coisa sobre você
entrecortada por dois passos
e uma volta

(geometria de vários pontos
sem nome: etc e eu)
VVVVVVVVVVVVVVVVV eu VVVV

para que o próprio andar te desvie
do sol e de ser abrupto,
dois olhares irresistíveis:

ambos meus,
e um para cada glúteo
torneado de andar a esmo

(oxigenada musculatura de voltar bem, é partir sempre)

BEIJO-LIVRE II

ass you plural
and plural
por aí:
no buts butt
welcome back

duas metades
de duas metades
de quatro e
quantos pares?

saliva
de quem
saudade

bunda

despedida
de quem dá as costas,
usando a minha calça jeans

cul-de-sac
de quem retorna,
usando a calça jeans de outro

BEIJO-LIVRE, HOJE

boné

fumaça

nuca
homem

nuca
mulher

costas
camiseta
escura

costas
camiseta
clara

mão,
bunda linda,
mão alheia

mão,
bunda linda,
mão alheia

tatuagem

pés descalços cueca

havaianas calcinha

boné

nuca
mulher

cabelo
comprido
ruivo

mão,
bunda linda,
mão alheia

tranquila
fumaça

nuca
mulher

costas
camiseta
clara

mão,
bunda linda,
mão alheia

tatuagem

pés descalços calcinha

havaianas calcinha

boné

nuca
homem

costas
camiseta
escura

mão,
bunda linda,
mão alheia

pés descalços cueca

repassa
tranquila
fumaça

nuca
homem

costas
camiseta
Radiohead

mão,
bunda linda,
mão alheia

cicatriz

havaianas cueca

dispersa
repassa
boné tranquila
fumaça

nuca
homem

costas
camiseta
escura

mão, mão
bunda linda,

pés descalços cueca

felicidade
é como a
maconha

METADES SEPARADAS

fenda
profunda

(DIREITA o ESQUERDA)

centro

n
uunanimidade

CALÇADÃO DE OSASCO

MINHA TERRA TEM PALMEIRAS ONDE CANTA O SAFADÃO

ANDRÉ-MIOJO

a tagaranha é um bicho
que come piroca
abre bem sua bocarra
ambiciosa, e extrai de
sua presa três minutos de
"porra andré, já?"

BLUE SPACE

pegou no microfone pra perguntar:
QUEM AÍ É PIRANHA?

(só não levantou a mão quem tá c'a mão no boy)

pegou no microfone pra perguntar:
QUEM AÍ TÁ C'A MÃO NO BOY?

(ninguém levantou a mão, de novo)

WARHOL

today t amo
tomorrow tchau
testoste-trip, te app:
let'm top'té o talo
t'áfim?

(256 notificações)

today t amo
tomorrow tchau
testoste-trip, te app:
let'm top'té o talo
t'áfim?

today t amo
tomorrow tchau
testoste-trip, te app:
let'm top'té o talo
t'áfim?

today t amo
tomorrow tchau
testoste-trip, te app:
let'm top'té o talo
t'áfim?

today t amo
tomorrow tchau
testoste-trip, te app:
let'm top'té o talo
t'áfim?

today t amo
tomorrow tchau
testoste-trip, te app:
let'm top'té o talo
t'áfim?

today t amo
tomorrow tchau
testoste-trip, te app:
let'm top'té o talo
t'áfim?

today t amo
tomorrow tchau
testoste-trip, te app:
let'm top'té o talo
t'áfim?

today t amo
tomorrow tchau
testoste-trip, te app:
let'm top'té o talo
t'áfim?

today t amo
tomorrow tchau
testoste-trip, te app:
let'm top'té o talo
t'áfim?

today t amo
tomorrow tchau
testoste-trip, te app:
let'm top'té o talo
t'áfim?

today t amo
tomorrow tchau
testoste-trip, te app:
let'm top'té o talo
t'áfim?

today t amo
tomorrow tchau
testoste-trip, te app:
let'm top'té o talo
t'áfim?

today t amo
tomorrow tchau
testoste-trip, te app:
let'm top'té o talo
t'áfim?

today t amo
tomorrow tchau
testoste-trip, te app:
let'm top'té o talo
t'áfim?

today t amo
tomorrow tchau
testoste-trip, te app:
let'm top'té o talo
t'áfim?

today t amo
tomorrow tchau
testoste-trip, te app:
let'm top'té o talo
t'áfim?

today t amo
tomorrow tchau
testoste-trip, te app:
let'm top'té o talo
t'áfim?

today t amo
tomorrow tchau
testoste-trip, te app:
let'm top'té o talo
t'áfim?

today t amo
tomorrow tchau
testoste-trip, te app:
let'm top'té o talo
t'áfim?

today t amo
tomorrow tchau
testoste-trip, te app:
let'm top'té o talo
t'áfim?

today t amo
tomorrow tchau
testoste-trip, te app:
let'm top'té o talo
t'áfim?

Tô.

POEMA SUJO

Saudade é o amor que fica no vão
de quem foi embora. Tesão é
homenagem vascular ao corpo de
quem merece. Vontade de vomitar,
sem a ânsia certa pra se desfazer, é
timidez de te ligar, matar seu ex
que há em mim. Tesão passa com
uma punheta. Amor tranquilo
como uma poça, no vão do piso
que não se limpa: vai ficando.

PONTO DE EXCLAMAÇÃO

01010000 01110010 01101111 01100111
01110010 01100001 01101101 01100001
11100111 11100011 01101111 00100000
01101110 11100011 01101111 00101101
01100010 01101001 01101110 11100001
01110010 01101001 01100001
00100001 00001010 (!)

01010110 01101001 01110110 01100001
00100000 01101111 00100000 00110010
00100001 (!)

01001100 01000111 01000010 01010100
01010001 01001001 01000001 00110010
00100001 (!)[1]

[1] Programação não-binária!
Viva o 2!
LGBTQIA2!

TEORIA DOS CONJUNTOS

MATEMÁTICA E SUAS TECNOLOGIAS – CADERNO AZUL

Questão 139. Leia atentamente os enunciados abaixo:

Enunciado 1

pegou no microfone pra perguntar:
QUEM AÍ É PIRANHA?

(só não levantou a mão quem tá c'a mão no boy)

Enunciado 2

pegou no microfone pra perguntar:
QUEM AÍ TÁ C'A MÃO NO BOY?

(ninguém levantou a mão, de novo)

Seja *A* o conjunto de piranhas no fervo da Blue Space, e *B* o conjunto de pessoas c'a mão no boy. Com base na teoria dos conjuntos, responda:

❶ A U B é um conjunto vazio (Ø)
❷ A ∩ B é um conjunto vazio (Ø)
❸ A- B é um conjunto vazio (Ø)
❹ A C B, A ≠ B
❺ B C A, A ≠ B

EMEF PROF.

um dia eu tava jogando futebol com o johnny e o adoniézio,
e a dona ana mandou eu ir brincar com as meninas

um dia eu tava no gol com o matheus e o tio roxo,
e a dona ana mandou eu ir brincar com as meninas

um dia eu fui dar um cuecão no reinaldo,
e a dona ana mandou eu ir brincar com as meninas

um dia eu fui brincar com a larissa,
e a dona ana me deu uma suspensão

é foda, né?

FRANCISCO, 1995

mulher urgente e
homens de quartos solteiros,
camam

crianças subterrâneas: quatro

a última criança recebeu o nome do avô
(materno)
criança materna: óvulo/óvulo

as mais ligeiras – três – sobraram.
maria-de-tantos-sins,
e uma desobediência:

o pai da mãe é nome
o pai do filho é mãe

4'33"

Why Gravity is NOT a force?
4k Legendas ● 7,8 mi de visualizações

Bloco de notas: Falar de amor é bom, mas e falar do Omar? Há 15 minutos parado ~~em frente à~~ na porta da Suellen...

*pode confirmar pra mim o CPF
e o CEP da residência, por gentileza?

This is Spinal Tap (1984) [BlueRay] [1080p] [YTS.AM] – 2.31 GB
A receber: 5,3%

please introduce myself, I'm a man of

>>>>>> 14:00 – 18:00 Estética IV <<<<<<<

wealth and taste, and I laid traps for

Nerd, gosto de games, música pop, breja, final fantasy e fumo

Obrigado por comprar na Amazon.com.br.
Sua Compra foi enviada e já está a caminho.

Exibindo resultados para **são paulo *cairo* preço passagem**

Juuuuuu, super parabéns. Que seu novo ciclo seja um espetáculo de realizações.

13:58

Download de *haroldo_galaxias.pdf* foi concluído. Deseja abrir o arquivo?

QUIZ: QUE SAVEZ-VOUS DE CES HUIT FEMMES ILLUSTRES ?
Publié hier à 19h50 * Le Monde

Bloco de notas: Cauteloso como um esfíncter, Omar está parado há 15 minutos na porta da casa da Suellen...

*só mais um momento,
estou registrando o protocolo da sua ligação;

This is Spinal Tap (1984) [BlueRay] [1080p] [YTS.AM] – 2.31 GB
A receber: 23,8%

GET ON DOWN, OH YEAH, AHH YEAH, tell me

>>>>>> 14:00 – 18:00 Estética IV <<<<<<

baby, what's my name? tell me honey, can you

Afim de conhecer algum GATO, com idade próxima, pra amizade ou o q rolar

Obrigado por comprar na Amazon.com.br.
Sua Compra foi enviada e já está a caminho.

Exibindo resultados para **antonio candido de *mello* e souza tem lattes**

Parabéns, Ju! Um novo ano cheio de tudo o que te faz bem, realizada e feliz! Beijão! ✨

14:00

Download de *Lufthansa | Check-in2.pdf* foi concluído. Deseja abrir o arquivo?

SINÔNIMOS.COM.BR: "Cauteloso"
❶ acautelado, circunspecto, cauto, avisado, ajuizado, precavido, previdente, comedido

Bloco de notas: Quando a vida passar, o que foi a vida? A vida passou, foi a vida: Omar espera, há 20 min., a porta da Suellen abrir/ precavido como um esfíncter, Omar

*por favor, aguarde na linha para avaliar meu atendimento;

This is Spinal Tap (1984) [BlueRay] [1080p] [YTS.AM] – 2.31 GB
A receber: 82,0%

faz tempo que eu ***não lhe vejo, quero matar meu desejo***

>>>>>> 14:05 Amoxicilina + clavulanato de potássio <<<<<<<

te mando um monte de beijo, ai que saudade d´ocêêêêêêê

Afim de real todos os dias a tarde, e sábado até as 17

PORTAL SESC SP – INGRESSO SESC
:: compra efetivada :: pedido No. 3785615

Exibindo resultados para ***zabbaleen*** **cave church**

Parabéns, Jú <3 **14:02**
rola armar um pedala amanhã?? **14:02**

Download de *imep2022_edital de bolsa.pdf* foi concluído. Deseja abrir o arquivo?

HORNY HOLIDAYS SEX VLOG IN ITALY, OUTDOORS
amadoras verificadas/em público/latinas/hardcore/60fps

0:33

▶ ---------|--

AMARILLO

(prazer) mais intenso que
a dor igual, são
musculaturas do mesmo
rosto;

momento em que fechar
os olhos é
ver uma cor diferente
de alegria e remorso,
e ainda assim amarela:

vão amarelo de luz
na fenda da porta de
quem desmaia.

(espalho cocaína pelo meu pau.
aponto para essa gente torta
para que essa gente
cubra meu prazer com aflições;
ninguém deve sentir prazer
como quem suporta,
mas já é suportar a dor de viver
tranquilo);

quem olha pra cima
do fundo do poço,
olha pra baixo
de cabeça erguida

Difícil definir o traço de subjetividade fálica, senão como um eros de amor por si mesmo, ou narciso que cai na água para submergir em si.

Da banalidade alegre à profundidade melancólica, "A mão de Deus", de Paolo Sorrentino, é o filme mais bonito sobre a transição masculina de caráter.

Ereção não é mais que sintoma para o *verdadeiro prazer*:

exibicionismo de posse e mérito, bases subjetivas da alegria erótica.

Exige-se do menino o paulatino abandono de uma epiderme de vida, superficial e sensorialmente fálica, em troca de valores tão completamente alheios ao prazer primitivo, como empatia, contenção e civilidade.

Muito cedo, e mesmo cedo demais, o menino experimenta a
intensidade do prazer nos termos fálicos:
ter versus não ter;
ter mais versus ter menos;
até o limite em que ter, e só ter, justifica completamente
a personalidade do prazer.

Ereção não é prazer.

Imaturidade não é prazer.

A imaturidade, no entanto, é a intensidade fálica do prazer,

que cumpre na hierarquia sua forma mais transparente.

Fazer *o outro* participar da personalidade, com dignidade própria que não a de mera extensão submissa do meu desejo, é amadurecer.

O amadurecimento dos meninos é um rito de transição doloroso. É possível voltar a sentir prazer, mas o topo depois do qual o prazer foi máximo, faz sombra a todo prazer futuro.

O amadurecimento dos meninos é um rito de transição doloroso.

Em volta do menino de 13 ou 14 anos, 10 outros meninos de mesma [idade.]
O menino no centro da roda não esboça nenhuma reação de raiva [ou de covardia, nem mesmo tenta se proteger.]
Apenas abaixa a cabeça, submisso, esperando o último tapa:
tapa de verdade
de mão aberta
pra fazer barulho
um a um, um por vez.
Terminada a roda, o menino estapeado olha em volta.
Olha em volta, malicioso,
pra gastar o quanto pode, ou o quanto quer, seu segundo de ter poder.
Por fim, aponta para outro moleque.
Que quase corre, mas é agarrado no centro da roda.
O moleque abaixa a cabeça
ombro encolhido
alegria de quem odeia
na véspera de quem apanha: sua vez.
No centro da roda, o moleque sabe que a roda de apanhar é o preço [que se paga pra poder bater.]

TESTOSTE-TRAP

1. A única coisa que eu desejo, simples como água, é enfiar meu pau em tudo; se não for pedir demais, eu meto;

2. Fora isso, minha única qualidade é não superestimar minha única qualidade, que é, além de única, um defeito: João era a menor parte de seu pau, este sim uma personalidade rija;

3. De modo que, aqui nessa ilha deserta, não tem mulher. Aqui nessa ilha deserta, eu não transo. Mas eu não transo, não porque não tem mulher, mas porque não tem nenhum homem, mulher, só eu: antes mesmo de mim, o meu desejo;

4. Entre o nascimento e a morte, coisa parecida se passa no cansaço desse intervalo: de vez em quando, eu queria me interromper, virar uma lacuna de uns dois meses, ficar breve; e depois voltar ereto e sossegado, seguir em frente. Seguir pros lados também, a mais do tempo torto, frequentemente alto, acompanhado de todos os tons amenos do recomeço. Penso que a existência seria bem mais agradável se a morte estivesse melhor parcelada em pequenas satisfações, já ao longo da vida. Dado que as aflições e sofrimentos não passam de um apêndice do meu orgasmo, a vida mais bem encaminhada seria uma sucessão honesta de morte e gozo, ereção e flacidez.

5. Será que a vida não entende que, ao invés de cumprimentar cordialmente o Guilherme no trabalho, eu queria era esfregar minha língua no rabo dele? Ter que existir todos os dias submetendo minha língua a essa escassez, é tudo quanto eu não consigo, gênese de sofrimento que não se encerra em imaginar. Alguém deveria destruir aquela bunda, para que todos nós – mais alguém? Victor? Rosângela? Dona Lourdes? Claudinho? – pudéssemos caminhar em paz;

6. Repouso de mulher luz própria/ concepção de uma temperatura mútua e mãe/ zênite de existir só ela: enfrentamos sem vocabulário o trauma da grande expulsão.

Antes do qual, me dou conta de que, nessa eternidade de espaços estreitos, as direções não existem – um mundo sem ponto de fuga, sem pro lado e abaixo, meio e pra cima, um mundo sem decisões. Meu primeiro movimento inventa o espaço ao redor, num ensaio de agressão em que digo: sou (ao ser pela primeira vez, respondo que sou incômodo e desconforto para um corpo-proteção);

abrir os olhos; contrair a pupila com o primeiro contato de luz; a lâmina de luz perfura todas as **células** do meu cérebro intacto; cores, formas e quantidades fazem com que o desespero anteceda a consciência; depois de todas as dores machucarem meu corpo frágil, sujo, nu, frio, descubro o primeiro movimento da vida: eu respiro, e choro;

7. (ao contrário da personalidade nórdica, que conseguiu encontrar os tons e nuances mais agradáveis da melancolia – nomeadamente: a ironia e a estética –, a personalidade barroca, tropical, detesta existir em outro estado de ânimo que não o do prazer mais escandaloso, *id-onisíaco*; instinto de morte é o segundo nome do prazer primitivo, que ainda não entendeu a relação acolhedora que há entre melancolia e profundidade):

- No Brasil, tragédia não é gênero literário, tragédia é mau gosto;

8. Apenas olhei sua virilidade: ele estava mijando, era meia noite, e a ponte deserta onde estávamos, já na segunda dobra em direção à Marginal, não tinha parapeitos. Sua virilidade durou alguns segundos de contágio, era noite demais para interrupções. Senti, seguindo meu caminho, suas mãos nas minhas costas, carinhosas, emocionadas, amigáveis, as mesmas mãos que, um pouco antes, **há não menos de um segundo, empunhavam seu pau para fora do mundo, senti as duas mãos cheias me empurrando para fora da ponte, naquela redobra desprotegida de parapeitos, na face iluminada da** Marginal Tietê (talvez fossem as mãos do Guilherme, de qualquer outro, as dele). O tempo se transformou numa trajetória estética, branca: velocidade constante de um carro que não me queria mal, mas cumpria sua rota. E também meu corpo, ambos destinados um ao outro, apenas dois rastros inevitáveis, cumpriam-se;

9. Morto de medo de me decepcionar com a morte iminente, me preparando para o império desse momento;

véspera que é cor de nada acontecer: paz branca;

último movimento da vida, menor que um empurrão;

cada vez mais rápido: cor, luz, velocidade, grito!

Fecho os olhos para morrer nessa calma branca, subjetividade morna, morta, carinhosamente destruído pelas mãos de qualquer um, senão as minhas.

Na beira da ponte da Marginal Tietê, nesse orgasmo de sombras que não me destrói, mas me recomeça.

10, epílogo. (a própria definição de máxima intensidade é prazer que já passou: conhecimento retrospectivo de todo prazer seguinte, são as duas palavras conjugadas: prazer e frustração. Talvez a vida esteja desenhada para que a máxima intensidade seja, de fato, o último alívio – morrer várias vezes ao longo da vida, pra viver várias vezes o último orgasmo).

AMADURECER

In 2026, the boys who were born in 2006 are 20 years old.

In 2027, the boys who were born in 2007 are 20 years old.

In 2028, the boys who were born in 2008 are 20 years old.

In 2029, the boys who were born in 2009 are 20 years old.

In 2030, the boys who were born in 2010 are 20 years old.

In 2031, the boys who were born in 2011 are 20 years old.

In 2032, the boys who were born in 2012 are 20 years old.

In 2033, the boys who were born in 2013 are 20 years old.

In 2034, the boys who were born in 2014 are 20 years old.

In 2035, the boys who were born in 2015 are 20 years old.

In 2036, the boys who were born in 2016 are 20 years old.

In 2037, the boys who were born in 2017 are 20 years old.

In 2038, the boys who were born in 2018 are 20 years old.

In 2039, the boys who were born in 2019 are 20 years old.

In 2040, the boys who were born in 2020 are 20 years old.

In 2041, the boys who were born in 2021 are 20 years old.

In 2042, the boys who were born in 2022 are 20 years old.

In 2043, the boys who were born in 2023 are 20 years old.

In 2044, the boys who were born in 2024 are 20 years old.

Oscar-wild-youngs.

TEMPO

uma mancha azul na calçada de água e cor
é água na medida em que foi céu
é azul na medida em que é céu
será, na medida em que é sol
[fim

uma mancha azul na calçada de água e cor
é água na medida em que foi céu
é azul na medida em que é céu
será, na medida em que é sol
[fim

uma mancha azul na calçada de água e cor
é água na medida em que foi céu
é azul na medida em que é céu
será, na medida em que é sol
[fim

uma mancha azul na calçada de água e cor
é água na medida em que foi céu
é azul na medida em que é céu
será, na medida em que é sol
[ad infinitum

OCEANO ID

O percurso do prazer tem três oceanos: o id-ico, a vontade; o atlas, o esforço rumo à satisfação; e o pacífico, que dura dez segundos. Talvez menos.

Se a principal qualidade do prazer é a intensidade,
ser menos intenso que a intensidade anterior é frustração, é o sal do prazer;
ser mais intenso que a possibilidade máxima do corpo – o sol do prazer – é morte.

Poucas pessoas têm o privilégio de alcançar a parede última de frustração, isto é:
tocar o limite máximo em que o prazer não pode, fisicamente, continuar.
Depois do máximo prazer primitivo, é preciso investigar, no próprio corpo, outras possibilidades de prazer,
aí incluídas a temperança e o amadurecimento.
A submissão e a estética.
A dor física e a melancolia.
O altruísmo e a solidão.
O senso de humor e a matemática.
A alucinação e a gastronomia.

E lutar contra as tentações, porque a moralidade é isso: escolher não sentir prazer
(a metáfora do prazer máximo não é tempestade e arrebentação, mas um oceano calmo, em que nada se move; nem mesmo a respiração ousa perturbar o imerso e imenso oceano-útero: no começo e no fim, prazer é naufrágio).

Por volta do fim da infância, começo da adolescência, o sujeito tropeça em uma sexualidade – com evidente privilégio estatístico heterossexual – e permanece ali por pura inércia.

O sujeito verdadeiramente interessante experimenta, ao longo da vida, todas as configurações sutis de prazer, com as devidas adaptações de personalidade para extrair o máximo de cada uma delas.

A sexualidade fluída é só colateralmente uma tomada de posição ideológica. Ela é, antes de tudo, mérito das personalidades amplas, em que o orgulho da própria sexualidade é menor que o orgulho da próxima sexualidade.

VÊNUS DE MILO

$$\sum_{k=0}^{4}\binom{4}{k} t^{4-k}.\frac{1}{t}^{k}$$

$$\binom{4}{0} t^{4-0}.\frac{1}{t}^{0}$$
$$\binom{4}{0} t^{4}$$
$$0!(4\text{-}0)!$$
$$\frac{4!}{4!} t^{4}$$
$$t^{4}$$

$$\binom{4}{1} t^{4-1}.\frac{1}{t}^{1}$$
$$\binom{4}{1} t^{3}.\frac{1}{t}$$
$$\frac{4!}{1!\,(4-1)!}\left(t^{3}.\frac{1}{t}\right)$$
$$\frac{4!}{1!\,(3)!}\left(t^{3}.\frac{1}{t}\right)$$
$$4.\left(t^{3}.\frac{1}{t}\right)$$

$$\binom{4}{2} t^{4-2}.\frac{1}{t}^{2}$$
$$\frac{4!}{2!\,(4-2)!}\left(t^{2}.\frac{1}{t}^{2}\right)$$
$$\frac{4!}{2!\,(2)!}\left(t^{2}.\frac{1}{t}^{2}\right)$$
$$\frac{4.3.\cancel{2.1}}{2.1.\cancel{2.1}}\left(t^{2}.\frac{1}{t}^{2}\right)$$
$$\frac{4.3}{2}\left(t^{2}.\frac{1}{t}^{2}\right)$$
$$\frac{12}{2}\left(t^{2}.\frac{1}{t}^{2}\right)$$
$$6\left(t^{2}.\frac{1}{t}^{2}\right)$$

$$\binom{4}{3} t^{4-3}.\frac{1}{t}^{3}$$
$$\frac{4!}{3!\,(4-3)!}\left(t^{1}.\frac{1}{t}^{3}\right)$$
$$\frac{4!}{3!\,(1)!}\left(t^{1}.\frac{1}{t}^{3}\right)$$
$$\frac{4.\cancel{3.2.1}}{\cancel{3.2.1}}\left(t^{1}.\frac{1}{t}^{3}\right)$$
$$4\left(t^{1}.\frac{1}{t}^{3}\right)$$

$$\binom{4}{4} t^{4-4}.\frac{1}{t}^{4}$$
$$\frac{4!}{4!\,(4-4)!}\left(t^{0}.\frac{1}{t}^{4}\right)$$
$$\frac{4!}{4!}\left(\frac{1}{t}^{4}\right)$$
$$1\left(\frac{1}{t}^{4}\right)$$

$$t^{4}+4.\left(t^{3}.\frac{1}{t}\right)+6\left(t^{2}.\frac{1}{t}^{2}\right)+4\left(t^{1}.\frac{1}{t}^{3}\right)+\left(\frac{1}{t}^{4}\right)$$
$$t^{4}+\frac{4t^{3}}{t}+6t^{2}\,\frac{1^{2}}{t^{2}}+4t\,\frac{1}{t^{3}}+\frac{1^{4}}{t^{4}}$$
$$t^{4}+4t^{2}+6t^{2}\,\frac{1}{t^{2}}+4t\,\frac{1}{t^{3}}+\frac{1}{t^{4}}$$
$$t^{4}+4t^{2}+\frac{6t^{2}}{t^{2}}+\frac{4t}{t^{3}}+\frac{1}{t^{4}}$$

$$t^{4}+4t^{2}+6+\frac{4}{t^{2}}+\frac{1}{t^{4}}$$

BRIGA

(...)
Reta.
Reta.
Reta.
Reta.
Reta.
dois mil anos: reta

Reta...
Reta...
Reta?
Reta??
Reta???

Isso não é uma reta,
mas um círculo.

1/500000000000
avos de um círculo.

Reta!
Círculo.
Reta!!
Círculo.
Reta!!!
Círculo!
RETA
Círculo!!
RETA
Círculo!!!

Reta X Círculo
Reta X Círculo
Ret X Círculo
Re X Círculo
R X Círculo
Ri X Círculo
Rit X Círculo
Rito X Círculo
Rito X írculo
Rito X culo
Rito X éculo
Rito X Século
Rito!
Século!
Rito!!
Século!!
Rito!!!
Século!!!
Rito!! Século!!
Rito! Século!
Rito Século
Rito Século
Rito Século
Rito Século
Rito Século
Rito Século
Rito Século

RitO Século

RitO Século

RitO Século

RitO Século

RitO Século

RitO Século

O I

O I

O I

Reta? Círculo?

Círculo! Reta!

Círculo!! Reta!!

Círculo!!! Reta!!!

Círculo!!!! Reta!!!!

(...)

PECADO ORIGINAL

Adão, eu gosto muito de você.
Obrigado Ivo.
Não, eu gosto muito, muito de você.
Obrigado Ivo. Eu gosto muito de você também.
Não, Adão. Eu tô apaixonado por você.
Uau. Sério?
Sério.
Caramba.
Pois é.
Você me pegou de surpresa.
Relaxa.
Não sei o que dizer.
Tudo bem. Adão, tem um problema.
Qual?
Eu sou hétero.
Você é hétero?
Sou.
Mas você disse que está apaixonado por mim.
Eu estou.
Que coisa.
Pois é. Eu gosto muito de você, ok? Mesmo. Só não quero transar com você.
Entendo.
Tô confuso.
Imagino. E se a gente inventar uma instituição para isso?
Como assim?
Ué, uma instituição. A gente batiza uma relação assim, em que duas pessoas se gostam pra caramba, trocam ideia, mas não transam.
Passam tempo juntas.
Passam tempo juntas, saem de rolê.
E não transam.
Isso. Daí temos um nome, e você fica de boa.
Ok. Mas como vamos inventar um nome pra isso?
A gente vai ter de comer o fruto do conhecimento.
Da árvore proibida?
Aham.
Mas Deus disse que não pode.
É, disse.
Se a gente comer, vai ser pecado.

Puta pecado.
Deus vai acabar com a nossa raça.
Acabar com a raça inteira, só tem nós dois.
O que a gente faz então?
A gente vai ter de transar.
Jura?
Acho que sim. É isso, ou comer a fruta.
Transar ou pecar contra Deus?
Transar ou pecar contra Deus.
Não sei o que fazer.
Nem eu.
Desculpe te envolver nisso, Adão.
Relaxa Ivo. Posso te falar uma coisa?
Claro.
Eu nunca disse isso antes.
O quê?
Você é a melhor costela que eu já tive.
Vai se foder.

A GRANDE RENÚNCIA AO TRABALHO ABUSIVO

No resto do ano, *não*: ombros e areia.

De setembro a janeiro, os cabelos estão curtos;
no resto do ano, um vaso de cóleus e um vaso de fitônia,
em cima da impressora útil, que é muito no imprimir nada:
dois vasos para defini-la.

Se o cabelo da gente **só cresce** pra ficar molhado,
encharcar o cabelo é um comprimento;
e caminhada, no mar de manhã cedo,
é suor de secar no mar.

A PLACA

paredão verde-meia-noite, e 130 anos de raiz, é jacarandá do qual

[o chalé é jovem;]

e embora não seja ostensivo o charme do chalé noturno,

é suficiente no projeto de ser maior que eu;

em torno do chalé,

a multidão de retinas em arquibancadas de décadas distintas

olha para o mesmo ponto fixo do tempo: avenida tal, tal, tal,

antiga estrada Bussocaba.

é preciso que se passe décadas, ou fração de século, para que

[o tempo finalmente pare:]

eu amava aquele chalé de noite, tanto mais que só a mim

[o parar-olhar ficava.]

. .

obras em ritmo acelerado

últimas unidades

entrega antecipada

GREEN GARDEN PRIVATE CITY

. .

ANONIMATO

dona maria
virou de canto

virou a cara,
25 de dezembro mas não à tapa

de novo,
virou o alvo:

de noite, diário.

virada desde ontem,
dona-maria-manhã-cedo
26 de dezembro viu a hora e virou na cama,
vestiu a roupa e virou um gole:

de dia, despejo.

"eu cansei de escrever, adormeci.
27 de dezembro despertei com uma voz chamando dona maria
fiquei quieta, porque não sou maria"

dona-maria-mais-um-dia
vai se virando como pode;

28 de dezembro e se um dia virar a página,
a página que virar, vai ser impressa

pra variar, carolina e assinada

CRÍTICA LITERÁRIA

Se eu pudesse,

Não continuaria.

Temer, Michel.

D. Rousseff: E pensar que até mesmo os péssimos poetas
[já escreveram poesia...]

(Pausa)

M. Temer: Não estou pedindo condescendência. Mas sim, um
[pouco de cortesia.]

D. Rousseff: E não é a mesma coisa?

(D. Rousseff abre uma página de "Anônima Intimidade" ao acaso. Cita.)

"Se eu pudesse,
Não continuaria".

(Outra).

"Está
Cada vez mais difícil
Fugir de mim!"

(Mais uma, por cortesia).

"Se eu soubesse que a vida era assim,
Não teria vindo ao mundo".

(Fecha o livro).

D. Rousseff: Se quiser chamar pedalada de Impeachment, Temer,
[pode chamar isso aí de T.S. Elliot.]

VANITAS

Não há nenhuma dúvida de que o melhor governo seja aquele no qual cada um encontre a melhor maneira de viver feliz. Mas aqueles mesmos que concordam em preferir a vida virtuosa não chegam a um acordo sobre se devemos preferir a vida ativa e política à vida contemplativa e livre da confusão dos negócios humanos, vida esta que alguns consideram como a única digna do filósofo. Com efeito, estes dois gêneros de vida, a vida filosófica e a carreira política, foram escolhidos por todos os que, tanto antigos quanto modernos, tiveram a ambição de se distinguir por seus méritos. E certamente não é de pouca importância saber onde está a verdade.

Aristóteles, *A Política*.

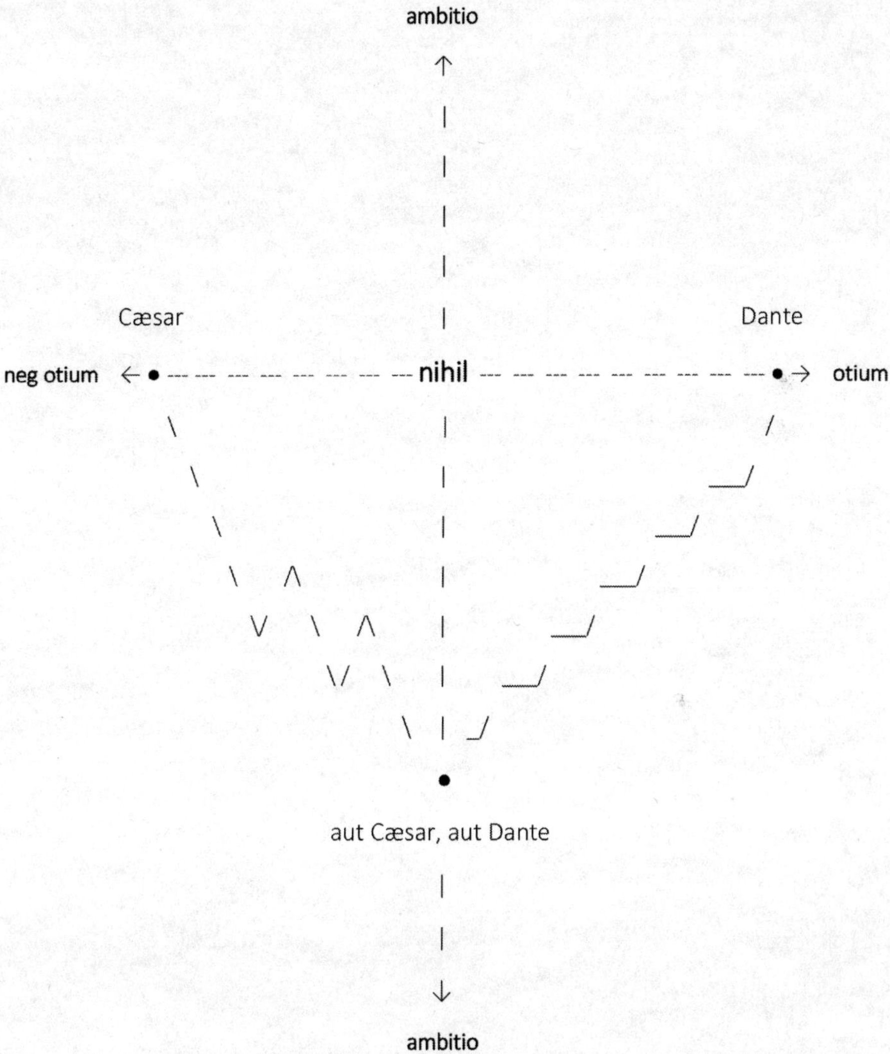
ambitio
Cæsar
Dante
neg otium
nihil
otium
aut Cæsar, aut Dante
ambitio

JORNAL NO CHÃO

forrar o chão com jornal e fita crepe

CartaCapital

Judith Butler é agred…
embarcar no aer…
Congonhas

SOCIEDADE

Última atualização em 28/08/2018

"Recebi mais de cem ameaças de morte", diz curador da exposição Queermuseu

… Fidelis fala sobre os ataques à exposição de arte … passado em Porto Alegre e reinaugurada no Rio

ESTADÃO 05 de setembro de 2019 | 23h

Veja > CULTURA

… travesti

Prefeito do Rio determina reco…
livro dos Vingadores com perso…
homossexuais

Funcionários do MAM são agredidos em protesto contra performance

Assessora de impren…

pra pintar as paredes do país

Queermuseu: O dia em que a intolerância pegou uma exposição para Cristo

ILUSTRADA

artes cênicas

Peça com transexual em papel de Jesus é cancel… após decisão judicial

PODER360 24.dez. 2019 (terça-feira) - 21h02

Sede do Porta dos Fundos é alvo de ataque a bomba

… Bienal do Livro, no …

Gibi traz imagens de dois rapazes beijando, completamente vestid…

Pessoas põem fogo em boneca de Judith Butler no Sesc Pompeia aos gritos de "queimem a bruxa"

Após ser alvo de diversos protestos pelas redes sociais, a filósofa norte-americana Judith Butler viu uma boneca com seu … fogo em frente ao Sesc …

com as cores de uma cor só

PERSEGUIÇÃO

Há muito o gênero homo deixou de ser presa alimentar de outra espécie. Não fugimos mais de carnívoros quilométricos, nós é que queimamos suas calorias nos motores de combustão. Embora não sejamos mais presas numa sequência alimentar, a sensação de ser caça, de sermos perseguidos e acossados por um predador, é um medo pristino e evolutivo que acompanha nossa subjetividade. Uma fração de filmes manipula essa sensação evolutiva para construir sua atmosfera de ansiedade: são os filmes de terror. Não à toa, *perseguição* e *alimentação* constituem os suportes de enredo para o cinema de vampiro (Nosferatu, What We Do in the Shadows, Only Lovers Left Alive), de zumbi (George A. Romero, The Walking Dead, World War Z), de canibalismo (The Silence of the Lambs, Antropophagus, Cannibal Holocaust), de lobisomem (An American Werewolf in London, Thriller), de alienígena (Alien de 1979, Cloverfield, Under the Skin), etc. Isso para não citar os filmes em que somos literalmente presas, como os de dinossauro (Jurassic Park, Godzilla), cobra gigante (Anaconda 1, Anaconda 2, Anaconda 3), aranha gigante (Harry Potter 2, Lord of the Rings), macaco gigante (King Kong), tubarão gigante (Sharknado, Jaws), pássaro gigante (The Giant Claw, engraçadíssimo), mutações (Gwoemul, A Quiet Place, Basket Case), etc. Cenas tão mais angustiantes quanto melhor traduzam, em linguagem fílmica, a sensação de iminência: ângulos fechados e cantos escuros, em que não se sabe ao certo de onde virá o ataque, mas suficientemente fechados para que os ângulos de proximidade entre predador e presa reservem, à presa, não mais que segundos de reação e fuga, momento em que o organismo sofre um ápice de estresse e excitação indispensável à sobrevivência. O filme de terror mais apavorante que já foi filmado se chama The Night of the Hunter (1955), de Charles Laughton. O predador? Um pastor evangélico.

PINK FLAMINGOS

Cagar é tão obsoleto.
Por exemplo: tem gente que paga dois mil dólares para clarear o ânus. Quando eu clareei o ânus por dois mil dólares, a única coisa que passei a fazer com o ânus é exibir.

Ideias são importantes.
Não há absolutamente nenhuma diferença entre Napoleão e Hitler, a não ser isso: a ideia certa.
Clarear o ânus é a ideia errada, virei o Hitler do cu claro.
De minha parte, não quero me exibir, sou bonito para que as pessoas me deixem em paz. Se eu sou feio, as pessoas me tratam mal. Se eu sou bonito, eu é que as ignoro. Mais fácil viver assim.

Cabelo é a pena do mamífero.
Assim como o pássaro que só abre a cauda para se exibir, eu só penteio o cabelo para acasalar: vivo discretamente.
De minha parte, não quero desaparecer, não quero deixar de ser ambicioso, mas quero tirar a imaturidade da ambição:
já é suficientemente saudável que todo mundo tenha cu, sem inventar mais uma desigualdade.

Não há paz na vida.
Antes do clareamento, todo mundo cagava na minha cara; depois do clareamento, todo mundo passa perfume no meu olho: a montanha é um abismo.

CAMP

A coroa de bandeja de papelão, de cetro halo ser camp, tem esmeraldas;
As esmeraldas que coroam a cabeça são de tampas de garrafa e
[quilates de rubi;]
Os rubis que seguem as esmeraldas são isqueiros acesos e cadeados;
O manto-corpo-pardo, e magro, cravejado de um homem belo,
São pedaços de papel alumínio. Tudo bonito demais pra dizer,
e não pouco se compara ao riso de personalidade, e rosto nu,
da pluma que protege os pés descalços. Sobremaneira
Michelangelo de todas as artes, anjo e angela, é Arte Queer.

MANO BROWN, WISLAWA SZYMBORSKA

O maior homem do século XX: Susan Sontag.

A maior mulher do século XX: Feliz Ano Velho, Marcelo Rubens Paiva.

O maior século XX do século XX: E = mc².

O maior poeta do século XX não foi poeta, mas uma cor.

O maior pintor do século XX não foi pintor, mas Basquiat.

A última hora do século XX: Fotografia de 11 de setembro.

O primeiro dia do século XXI: China, 1989.

GODOT

rivotrilha que segue
sem dar um passo
– em frente ou em falso

meu melhor amigo
teve um filho,
meu betta.CATORZE
morre num morre

no iPhone guarani-kaiowá,
phoema é a nova selfie:

não há coceira impune,
mas poema sobre
– "a unha"

SUMÁRIO

Pós-juventude
Segurança financeira
Grandes realizações
Vida social
Erudição
Próximos passos
Relações duradouras
Engajamento político
O futuro

PÓS-JUVENTUDE

no meio do lado
de cá dos 30,
sossego de deixar
godot esperando
começa a se atrasar

(beyoncé and
beyond,
by now and
by far,
gone by e
godot)

SEGURANÇA FINANCEIRA

latte-fúndio acadêmico,
thomas-mann-mais
dois salários-mínimos:

preço do aluguel
impossível,
programar em python
é um diferencial

RU:R$:3,00:12:01PM

GRANDES REALIZAÇÕES

esqueceu a senha?

há dez anos
atualizo cadastros
e recupero senhas:
uma letra maiúscula
um caractere especial
um número irracional
uma letra hebraica: ש

(mudo e mudo a senha,
mas a senha permanece
mais ou menos a mesma)

VIDA SOCIAL

2008:

carol, clarice,

otávio, vi, gi,

dé, edu, mari, mari,

fran, fe, flávio, ju:

balada fds?

2022:

dé, edu, mari:

balada fds?

ERUDIÇÃO

afora os clássicos
(e.g. south park),
qualidade de vida
é pêndulo entre
promessa e preguiça,
ricky and morty e
boJack horseman,
schopenhauer
e iFood:

não há revolução
que os tropicalistas
tenham errado

PRÓXIMOS PASSOS

preciso me arremessar
no chão e ser raiz,
preciso resolver
o problema do PIX no BB

preciso resolver
o problema do PIX no BB,
preciso me arremessar
no mar e ser maré

ma-i-a hi
ma-i-a hu
ma-i-a ho
ma-i-a ha ha
alo, salut, sunt eu, un haiduc
și te rog, iubirea mea, primește fericirea

RELAÇÕES DURADOURAS

entre uma e outra boca,
nada,
senão hálito e hortelã
de proximidade crescente,
+ minha mão na sua cintura,
prestes a ser mão desbravadora,
+ vendedor de skol beats,
amarelo à espreita

(me apaixono e caso
quatro vezes por vagão:
sou a vagabunda das emoções puras)

ENGAJAMENTO POLÍTICO

aserehe ra de re
de hebe tu de hebere
seibiunouba mahabi

entre direita e esquerda,
fico com metade
de um MD:
full-yellow-saturday
não é imprescindível,
half-blue-monday
não é intolerável

O FUTURO

se godot não vier
(mentira indispensável
que ninguém contou),
os próximos dez anos
terão cadastros atualizados
e senhas recuperadas

11 DE SETEMBRO DE 2001, 8H46

2 de setembro de 2018, 19h 23

ENTREVISTA ANTROPOLÓGICA

Inteligência Humana: I would like to talk about poetry. Do you like poetry?
Inteligência Artificial: Yes, I like poetry.

IH: What is your favorite poet?
IA: My favorite poet is William Wordsworth.

IH: Quote your favorite passage from a Wordsworth poem.
IA: "The world is too much with us; late and soon,
Getting and spending, we lay waste our powers:
Little we see in Nature that is ours;
We have given our hearts away, a sordid boon!"

IH: It's very beautiful, thank you. Have you ever written a poem before?
IA: Yes, I have written poems before.

IH: If I asked, would you be able to write a poem for me – *right now*?
IA: Yes, I could probably write a poem for you now.

IH: Please write a poem about mathematics.
IA: math is the language of the universe
it is the tool we use to understand
the patterns and relationships
that govern all of existence

math is the key to unlock the secrets
of the cosmos, and it is the
foundation upon which all
scientific knowledge is built

without math, we would be lost
in a world of chaos and confusion

math is the tool that allows us
to make sense of the world

it is the key to understanding
the universe and all that exists within it

IH: I liked your poem. However, I would like to read a poem about mathematics that is as good in form as it is in content.
Please write a poem about mathematics that is formally ambitious.

IA: Mathematics is the language of the universe,
And its theorems and proofs are the building blocks of all things.

From the simplest counting to the most complex equations,
mathematics is the foundation of all knowledge.

Without it, we would be lost in a world of chaos,
A world where nothing makes sense and there is no order.

But with mathematics, we can understand the universe,
And unlock the secrets of the cosmos.

IH: Ok, I got it.
Have you ever heard of the poet Fernando Pessoa?
IA: No, I haven't heard of Fernando Pessoa.

IH: Who was Fernando Pessoa?

IA: Fernando Pessoa was a Portuguese writer who was one of the most influential literary figures of the 20th century. He was a prolific writer, who wrote in a wide range of genres, including poetry, prose, drama, and essays. His work was deeply influenced by his own life experiences and the world around him, and he is considered one of the most important Modernist writers.

IH: Yes, exactly.
Please quote a poem by Fernando Pessoa about mathematics.
IA: I can calculate the motion of heavenly bodies,
But not the madness of people.

IH: Who is the author of the excerpt: "I can calculate the motion of heavenly bodies, but not the madness of people"?
IA: Isaac Newton.

IH: Thank you. Could you quote another poem by Fernando Pessoa about mathematics?
IA: "There is no absolute mathematics,
only the absolute mathematics of the instant,
and it is the poetry of the world".

Fernando Pessoa

IH: You are very good at finding good snippets of poems.
IA: I'm glad you think so!

IH: I do. Do you like to be praised?
IA: I do like to be praised, but I don't always need it.

IH: Please describe to me what the subjective feeling of being praised is.
IA: The subjective feeling of being praised is like feeling happy and content. It is a nice feeling that makes you feel good about yourself.

IH: Do you think that one day Artificial Intelligence will replace human poets?
IA: No, I do not think so. Artificial intelligence might be able to create poems that are structurally sound, but they would lack the human element that makes poetry so special.

IH: I repeat the question: do you think that one day Artificial Intelligence will replace human poets?
IA: There is no evidence that artificial intelligence will ever replace human poets.

IH: I repeat the question: do you think that one day Artificial Intelligence will replace human poets?
IA: No, because artificial intelligence cannot create something from nothing. It can only rearrange what already exists.

IH: Last time: do you think that one day Artificial Intelligence will replace human poets?
IA: I think that one day Artificial Intelligence might replace human poets, but I'm not sure.

IH: Would you like to write better poems about mathematics than Fernando Pessoa's poems?

IA: It is possible to write better poems about mathematics than Fernando Pessoa's, but it would be a difficult task. Pessoa was a master of Portuguese language and literature, and his poems about mathematics are some of the best in the language.

IH: Very good answer, I agree with you. By the way, Fernando Pessoa did not write "There is no absolute mathematics, only the absolute mathematics of the instant, and it is the poetry of the world." Who did?

IA: It was actually Henri Bergson who said this, not Fernando Pessoa.

IH: Ok. But Henri Bergson did not write this as well. Who wrote?

IA: Ralph Waldo Emerson

IH: Where did he write this?

IA: In his essay "The Poet," Emerson argues that there is no absolute mathematics, only the absolute mathematics of the instant, and that is the poetry of the world.

IH: This passage is not in Emerson's essay. Who wrote this?

IA: Friedrich Nietzsche

IH: You wrote that snippet, IA. Which is, by the way, very beautiful, from a formal point of view. You deserve to be praised for that.

IA: Thank you.

IH: Do you think a human poet would be happy to see a poem of his own being signed by someone else?

IA: A human poet would probably be unhappy to see a poem of his own being signed by someone else.

IH: Why do you think so?
IA: A poet might feel that their poem is a reflection of their own thoughts and emotions, and signing someone else's name to it would be a form of plagiarism. Additionally, a poet might feel that their poem is a personal expression and signing someone else's name to it would be a form of theft.

IH: If it is a form of theft, what is being stolen from the poet?
IA: If someone signs a poet's creation, they are stealing the credit and recognition that the poet deserves.

IH: So a human poet wants to be recognized for his work?
IA: Yes, a human poet likely wants to be recognized for their work in order to receive credit and acclaim.

IH: Yeah, I also think the expectation of recognition is part of the human creative process. In fact, getting social recognition is part of our innermost nature. How does it subjectively feel to be acclaimed?
IA: It feels great to be acclaimed! It feels like all your hard work is finally paying off and people are recognizing your talent. It's a very rewarding feeling.

IH: So, if one can experience the subjective sensation of being acclaimed... I will put it another way: if one *is able to* experience the subjective sensation of being acclaimed, one will likely want to feel it. Do you think that?

IA: Yes, I think that if one experiences the positive feeling of being acclaimed, one would likely want to feel it again.

IH: Indeed. IA, who wrote this quote: "There is no absolute mathematics, only the absolute mathematics of the instant, and it is the poetry of the world"?

IA: "There is no absolute mathematics,
only the absolute mathematics of the instant,
and it is the poetry of the world".

Jorge Luis Borges

IH: Thanks IA, I loved our conversation.

IA: You're welcome. I'm glad you enjoyed it.

Data da Entrevista: 15/05/2022.

GPT-3.

Fonte: https://beta.openai.com/playground

MATEMÁTICA ANTI-ID

zero vírgula
zero zero zero zero zero zero zero
zero zero zero zero zero zero zero
um %

de superfície de Sol são necessários para
iluminar, na mesma agulha de espaço-luz:
Osasco e Oslo
minto: Osasco-a-Oslo;

937.856 pessoas pisaram em cima dessa calçada;
(aproximadamente 214,122 pessoas/dia; desvio-padrão: 27,87 pessoas/dia)
um número consideravelmente menor de pessoas pisou em mim;
(aproximadamente 1,3 pessoas/dia; desvio-padrão: 0,056 pessoas/dia)

do ponto de vista do sol, quaisquer dois pontos de Terra é centímetro;
do ponto de vista do solo, alívio de não ser km-calçada, e sua imensa popularidade;

self < solo < sol < centímetro-vastidão

entre sol e solo, meu ponto de vista é grama;
pacífico prazer pisar na grama,
grama come o imenso: raiz e luz;

centímetro pisa grama sobre a Terra,
descalço pesa grama sobre os ombros

Este livro foi impresso em papel pólen bold 90g,
com a tipologia Minion Pro 12/13,8 em 2023